記憶のしずく

加納由将

思潮社

記憶のしずく

加納由将

思潮社

いつ
ぼくは
生まれたのだろう
心地いい胎膜から

ぼくは
一回
バラバラに
飛び散ってしまった気がする
広いグラウンドに
幼い手で

必死に

時間をかけてかけらを拾い集め
もう一度
作る
自分の体

一つの
パーツが
どうしても
見つからず
ぼくは
歩けない
体になった

目次

I

装幀＝思潮社装幀室

I

膜あるいは履歴

気が付くと目に見えない膜で包まれて身動きができなくなっていた

風呂から上がるとすぐに寝る
（起きていると汗をかき風呂に入った意味がない）

朝のうちに読書
（昼過ぎると不随意運動が多くなりページをめくれない）

人と話すと汗びっしょり
（絞れば滴るほど）

することとすることの間で人の手をかりないと動けずただじっと待っている
（食事の時は食卓の椅子、ワープロの時の椅子、本を読む時は椅子ごとスライド）

たとえ本を読みだして気が乗らなくても読んでいる

（30分以内に変えてもらおうと誰かを呼ぶと全身で怒りを表し手荒く乗せかえられる）

筋肉は一年ごとに硬直を強め胃袋を締め上げ吐瀉の嵐
（一度で終わるが何か胃に入れると繰り返す）

一人で外出できない

海に行く自由さえない鉄のような劣等感
（焦りはますます胃袋を締め上げる）
なぜかリハビリは苦痛ではなく
（家での幼いころの訓練に比べれば）

セラピストがゆっくりとしたペースで代わっていきあるセラピスト
に全身を伸ばすことを教わり始める

丸くなる姿勢でいたのは筋肉の不随意運動を止めるため
車椅子に乗っていても不随意運動が激しく　それを抑えるために体
をねじって座っていると背骨がずれ始め手術が必要になるかもと
生れてからの主治医に指導されたのが曲げる姿勢をとること
（主治医の誤診？）

それがちょうど大学に入ったころで食事以外はすべて丸まる姿勢で

テレビを見　本を読み　ほとんどの時間を過ごした
それですっかり毬の姿勢で落ち着くようになったが今まで表面に出ていた不随意運動が腹筋に集中し胃袋を異常に圧迫して少しの興奮で食道が胃酸に焼かれる。噴門筋が弱くなり胃酸を抑えられなくなっていた

すこしずつ伸ばすと最初は腰に激痛が走り完全には伸ばせなかった
痛みは毎日繰り返すうち消えていき時折完全に伸ばせるようになり歩行するまでになった
家でも母の工夫でリハビリの時と同じ状態を作れるようになり毎日続けていると腹の不随意運動は次第に拡散し気が付くと包んでいた膜はいつの間にか自分で蹴破っていた。踊る足で。

ICUにて

そっと首をあげると腹からチューブが生えていて点滴が腕に絡まり、指先の洗濯バサミが心臓の鼓動を数値にしてモニターに映している。ここは何処だ。機械音が幾重にも重なり時おりハッとさせる警報が鳴る。そうだ、腸、小腸に穴が空き空気が漏れていた、周りに二重のカーテンが張られ突然ベッドは鉄板にかわる。空気は静まり、1℃室温が下がった感じすらして鉄板は背骨を容赦なく刺激し続け激痛が支配し呼吸すら危うくなり始めているというのに記念写真でもとるようにゆっくりしたスピードでじっとできない体にじっとしろと言い、母がいればスタッフの制止を振り切り足を抑えに駆け寄ってきただろうがスタッフは遠巻き、技師はなかなかシャッター押さず揺れは激しくなるがスタッフの誰も来ないで、やっと押して背中から板がぬかれると深く息を吐き全身の筋肉を緩ませると体内から軋む音が聞こえたりしていた。時折ではあったが、ぶれてたからもう一度お願いねと、まるで醤油でも借りに来たかのように軽く言ってくれるが背中にフィルムの板を入れられた瞬間筋肉は固くなり、さっきと同じ工程を繰り返し苛立っているのに言葉が出てこず、体勢ができたころ、痛そうだからタオル、ひいてみようかと板を抜き取り手近にあったタオルをフィルムに巻くともう一度背中に入れたがたいして変わらず、じっとしてを繰り返し一八〇秒後にシャッターを押した。

水滴

忘れられない
ランプに光る水滴
メガネのふちにとどまって
無言で失敗した服を着替えさせていた
腹を裂いてやっと命はとりとめたものの
気が付くと言葉をなくしていた
何を話せばいい
自分に問いかけるが
思考が薄い膜に覆われたためなのか

言葉は出てこない
尿器を受けてもらうまで我慢すれば
尿が出なくなる気がして
夜昼となく失敗した
夜は
特に病院に人が少なく濡れたシーツさえ自分たちで変えるしかなかった
少し離れた幹線道路から爆走するバイクの音が聞こえていた

何日続いたかもう思い出せないが
一ヶ月近く続いたかも知れない
毎日毎日毎日ランプに照らされ
怒られていたのかもわからずに
尿意が逃げていくのが
怖くてそそうを繰り返していた気がする

ある時その水滴に気が付いた
そのメガネの水滴を車の窓の雨粒のように何も感じず見つめていた
自分を責めることすら忘れて

温かい気持ちで

バレンタインの日
初めて自分の気持ちを伝えた
先輩から
義理チョコでもいいから
もらえるのか
ドキドキしながら
登校したが
何もなく
時間が過ぎて

あっという間に
下校時間になった
暗い気持ちになって
バスに乗っていると
「はい、これ」と
赤い薄葉紙の巾着を手渡すと
後ろの自分の席に戻って行った
冷やかされながら
カバンに入れてもらい
三〇分ほどの道のりを
ほっこりした気持ちで
帰っていった
バスを降りてから
最後部の席に座る彼女と視線があったので

口パクで
「ありがとう」というと
彼女は首を振った

見えない鏡

夏になるとよく従兄がセミの幼虫を夕暮れに穴から吊り上げる。触角のような足を動かしぼくの寝室のレースのカーテンを登っていくのを見ていると急に動かなくなり、微妙に大気を振わせて茶色い背中の殻が割れ、かすかに白いものが見え恥ずかしそうにワンピースを脱ぐように前足を抜ききり、もう一度自分の殻に柔らかい足で捕まると羽を出して朝まで羽化するのを待って部屋の中を飛んでいる。羽化前に落ちたりすると母が足を軽くカーテンと糸でくくってやると一応成虫にはなるが片方の羽が短かったり、他のセミと違った飛び方になる。見ていて背中が割れてから落ちると同じようにくくってみても意思を放棄したようにそこから動かなくなる。なんとか羽化しても自由には飛べないで部屋から出れないままカーテンにとまって鳴いている。なぜか自分を見ているようで。

初恋あるいは誕生

誰が言ったのか
想い出せない
振り返ると
立っていたのは君
笑っている
裸足にゴム草履の
跡形
コワゴワ
触れると

暖かかった
運動場の
真ん中で
僕は
動けないまま
それまで守られていた胎膜を破って
産声を上げた
言葉もまだ
書けない
歯がゆさ
自分の言葉が
源流からやっと
流れ始める
固まった

言葉の岩を
くだいた

小学校は
とうになくなって
もう辞めたいのにやめられない
言葉の路地裏散歩

散歩

一人、外に出始めたころ厚かった土壁がほんの少し皺が寄り隙間から時に冷たい風が吹き出して僕は風なんか気にせずに道路に電動車椅子で飛び出たんだ。

そこはとてつもなく広く自由だった、レバーさえ動かせばどこへ行こうと自由でどこで曲がろうと何も言われずただ進むだけで知っている食器洗いの音　庭木の水かけの音　雨戸を閉める音などは何もなく知らない車のエンジン音の中で何処まででも走っていけた。咳をして痰が飛んだ。どこに行ったか、気にしていると運転ミスで溝にはまって動けなくなって通じるかわからないが、そばを通った人に声をかけた。不思議に自分の話す言葉が通じて溝から上げてもらい帰宅。何もなかったように過ごした。母にもばれないように。

遅刻の罰

僕は自分の誕生日に
あろうことか
遅刻してしまって
蠟燭の蠟で
ケーキを台無しに
してしまったんだ

理由は覚えていない
遅れてしまって
僕は産道も通らず

楽を覚えてしまったから
歩くことはもちろん
産声を上げることも
面倒になってしまったのかもしれない
自分でも知らないうちに

誕生日に
遅刻した
罰はまだ
終わってなくって
四十年経つというのに
いまだに胎膜から解放されないんだから

とんだ遅刻の罰さ

家の中

家族以外と話さなかった頃
壁の向こうが
怖かった
自分の言葉が
通じない

壁の外の子供は誰もがみんな
モーターショウに
展示された車のように

眺め
へんな顔
不思議が
目からあふれていて
話しかけると
笑って逃げる

床をはって移動して
長い移動のときは
誰かが抱き上げるから
自分のGPSが起動せずに
切れたままで
壁の向こう側を知ったのは
小学生の頃

でも
意識は壁の中のままだった気がする
ほんのつい最近まで

今したいこと

家の中が寝静まる
明日は早い時間に
出かける
早く起きる
トイレをすます
朝飯を食う
三〇分の立位
という
行程をすませなければならない

その後できれば
詩を書く
これだけこなす時間をつくるには

今
寝ている母を起こさないように
湯を沸かし
冷蔵庫の卵を鍋に入れ
五分ほどゆで
粗熱をとり
殻をむき
二、三個皿に並べておく
簡単なことだ
朝六時にアラームがなり

起きだし
卵を二個ほど口に入れると
腸に穴が開かないように
手足が暴れないように
薬を放り込む
これで完了のはずなのに
それができないのだ
どんなに工夫しても
殻に押し込められた
体が許してはくれないのだ

祖父と

パイプを隠す。全く操縦不能な全身を使って祖父のパイプを隠す。立てないのだから隠す場所は限られる。箪笥の下絨毯の下、下下下、何かの下。そうして庭の用事を済まし入ってきてパイプを探す。動けなく夜店で買った仮面をかぶる、とぼけたふりでどこか知らないかと聞いてくる。笑いを仮面の下に隠し知らん顔。歩ければ自分の部屋に行ってただろうけれど自分の部屋なんてあるはずもなく隠れる場所もなくその場で必死で笑いをこらえている。

四月病

体が
異常に硬直する
新しい後輩に見られることに
まだ慣れていない頃
言葉が通じないというトラウマが
全身にまだらに
浮かびあがる
蚊帳の中にいるように
呼吸は途切れ途切れ

不安定な
体の揺れが
大きくなり
みるみるうちに
体力を
消耗し
めまいを覚えるが
座っている分
何とか耐えて
一日一日を終えながら
夏を待っている

初めての留守番

一人うずくまり丸まって本を読んでいた。いつも一声呼べば来てくれる母もいない。玄関は開け放たれ時折湿気を含んだ風がふいに手元の本のページをいたずらにめくっていったが、苛立ちはなく自分だけの家を十分に感じて満足していた、自分でこの家を守っているという充実した気持ちでその当時一番お気に入りの本を読んでいた。しばらくすると玄関に誰か入ってきた気配がした。丁度逮夜参りの日だった。僧がリビングに顔をだし挨拶してから仏間から読経が聞こえはじめた、少し気になって読書を中断し、こっそり次の間から襖越しに読経の姿を見てみる。幼く何を唱えているのかわからなかったが、気づかれないように元の場所に戻り、読書を続けていた、しばらくして読経がやみ、帰ることを告げに再び顔をのぞかせて、一人で留守番か、えらいえらいと帰っていった。くすぐったい気持ちもあったが一人、満足気ににっこりした。

誕生日記念に

あっ、滑った。歩く練習で、繋がれていたのがはじめから片手だったか途中からだったか、忘れてしまったが、もう終わりだ、訓練から解放されると思った瞬間繋がれていた手が滑ってそのまま頭はガラス障子を突き破った、痛みがあったのか、なかったのかわからずに病院に運ばれ縫ってもらって帰って来ると母が血の付いた服を拭いていた。あぁ、血は出てたんだと思ってみていた三歳の誕生日、今も寝ぐせで見え隠れする古傷。

いつしか

疲れた時
誰も知らない路地をコッソリ抜けて秘密の場所に立っていた
心地いい風が吹いて座り込むと膜のような強い風を感じている
潮風と似ているが少し違って、もっと広さを感じた
この風を昔から知っていたのに浴びに行く手段は見つからなかった
ふっとした時この路地を見つけた
はじめは車椅子では通りにくく多少の段さえあった
なんとか通っているうちに段差を避ける道を見つけた
次第に行き慣れると路地が広がりゆうゆうと

行けるようになった
知らないうちに顔見知りも多くなってきて
いつしか段差はなくなっていた
時おり行く

蜘蛛の巣

なぜ遊んでいたのか、幅のない離れの縁側で従弟と二人で雨戸の敷居に碁石を並べていた、根気よく並べている時太ももに電気が走り、瞬間にスローモーションになって体が前に放り出されて敷居を通り越し、危うく顔を踏み石にぶつける寸前、左手で辛うじて支えていた、どうにも体は動かなくって隣で従弟が何をしていたかわからなかったが、遊びを続けていたのか、わからないが誰か呼んで来いと叫ぶと既に座敷の縁側を走っていく音を聞きながら縁の下の蜘蛛の巣が揺れている

麻痺させる睡眠

眠るのが
一番楽しみだった頃があった
かさぶたさえないころ
茨が
どんどん
撃ち込まれる
見えない血だまりが
詰襟の中に隠れて
見えなく

母にさえ
気付かれない
黒く変色して
腐敗していく
痛みを
眠りで
麻痺させる
もう慣れ切った
苦痛が音もなく幾重にも重なっていく
明日もまた

半熟だった頃

戦場だった

詰襟を初めて着た人間が
多く詰め込まれる

僕は膜ができたばかりの
超半熟で
どうすればいいか
分からないで

不意にさしてくる茨を
かろうじて避ける
時には
飲み込んで
一日が過ぎる

昼間
容赦なく
茹で上げられて
家でも　宿題で冷まされることはなく
ぐらぐら
体内で
煮えている

一息つく場所なんて
見当たらず
布団にもぐりこむ
記憶が薄らいで
眠るとき確かに
弱火になり
また朝になる

また戦場に向かう

II

味わっていたい時間

この時間がとてつもなく好きだ
父親は寝に行き
母親も寝息を立てている
何の物音も聞こえない
何をしてもいい
本を読めば
すんなり頭に入ってくる
いつの間にか壁のない部屋が
夜になり

パソコンの後ろの窓が消え梅の老木が見えた
残っているはずの熱気は感じず
ただ見上げていた
枝葉の影が揺れる
誰かが起きたのかと気配を探るが
誰も起きていない
夜空をゆっくりと見ている
なんと素敵な時間
本当は
このまま座って眠りたいほど
そうしたら
朝また自由に好きな時間に
動けるのだ
そんな素晴らしいことがあるだろうか

そんなことをすれば
確実に体調不良を起こすだろう

四十路男の帰り道

はじめて一人で阿倍野から電車に乗る
電車の最後部に電動車いすを固定した
切符は横につるした袋に入っている
どうも気になる
手に持とうと少し出ているところを
引っ張ろうとすると
せっかくスマホに抑えられていた
端っこだったのに
スマホが動いて

切符は袋の底に落ちて
自分の震える制御不能な
手ではどうにも取りようがない

どうしようか
泳いだ目で見まわしている
皆視線はスマホ耳には話しかけられたくない意思表示のイヤホン

海水客用特急の中吊り広告
長さが少しずつ違う吊革
意外に高い網の吊り棚
ネオンしか見えない車窓
ヘルパーさんと乗っていると
会話と安心感から見えていなかった風景

河内松原・藤井寺・土師ノ里・古市・喜志と進んでいく間扉の開閉
を繰り返し
見慣れたはずの車窓外のパチンコ店の
突っ立っているネオンが目新しく
車内の電灯でさえ眩しく見えた
一人で無口に見ている
古市駅で扉が閉まった後車掌と目があって
合図を送るとドアを開け
頼みを聞いてくれ
切符を手に持たしてくれた
操作をしないほうの手に握らせてもらうと
安心したのか強い睡魔が襲ってきた
勝てなかった
気が付くと駅につき扉が開いていた

電車の中で母に大声でたたき起こされて
駅員の薄ら笑いを見ながら降りた

抜け出す

トイレの前で女友達を待っている
ただ一人
急にうれしくなる
大声で叫びたい
ここに一人いるのだと

女友達と映画を見て食事する
何の変哲もない日常
当たり前のこと

ありえなかった出来事
一瞬見えるものが輝く
誰の保護もない丸裸の自分が
言葉さえ通じなかった外の世界に
溶け込んでいることの実感

憧れの世界に近づく
映画を見終え
九時過ぎからの夕食
普段なら家のパソコンをいじっている時間
入浴で打ち切られるはずの日々
ココにはそんなカビの生えた壁は
出てくるはずもなく
ただ自分が存在する

それだけの瞬間
女友達がトイレから出てくる

魅了される

なんていう
遠回りをしたのだろう
生き返るのに
みるみるうちに甦る
息苦しい膜を破って
時間が遮断されて
短い特別な空間で
両手を広げて
感じている

泥沼から
這い上がり
達成したと思った
そこはぼくのことをすべて知っている母さえ知らなくて
誰もが憧れるが
決して車椅子では
上がれない小さな丘の頂上
岩だらけで曲がりくねった轍
避けて登っていった

ぼくはまず体を伸ばすところから始め
立位を取り始めた
岩に足をかけ登り切った先に
広がる

多くの人間が見逃す感覚に魅了され
ただじっと見ていた

風と共に

あれはちょうど小学六年の秋ごろだったか、硝子戸を閉めてスーパーボールを投げて縁側で遊んでいた。外はひどい風のようだったが硝子戸で中には入ってこないでいつもと同じだった。ただただ弱い力でも跳ね返ってくるのが面白く当時一年ぐらいは続けていた遊びだった。何時間経っただろう、一〇〇球ほど投げてふと見ると同級生の女の子が立っていた。黙ったまま硝子戸の向こうから見つめていた。僕が気付くと笑って硝子戸を開け風といっしょに入ってきて僕が散らかしたボールを一緒に片づけてくれた。いつからいたのかわからなかった。

数週間前一緒に食事に出掛けた時、彼女に両親から過剰に世話されている自分を見られた。瞬間しまったと思ったが後の祭りだった。もう遊びに来てくれないと思った。その子が立っていた。その時はできるだけ自分のところにボールが返ってくるように真剣に投げていたので数週間前の失敗を少しでも取り返せたと自分に言い聞かせ一緒にボールを集めた、時々彼女の顔を盗み見ていた。

火傷

遠くへ行きたかったあの頃
熱気を帯びた真っ赤な鉄球を
抱え込み
一人部屋の中に
閉じこもっていた
誰かが
扉をノックした
ドアを開けると
君が立っていた

君はそっと微笑んで
白くやわらかい手で
僕のごつごつと
硬い手を引いて
僕の足を
外に初めて
導いたんだ
君が来なかったら
今頃
腹膜まで
やけどしていた
麻痺したまま

一縷の活字

書き続けて
書き続けて
書き続けて
毎日
喉の渇きを感じながら
ひとり
自分の筋肉を
少しずつ
引きちぎりながら

紙にたたきつける

感情は
いつまでも
形にならずに
雪のように
影を押しつぶしてくる

緞帳にくるまれた不安の
逃げ場は
次第になくなり
梟が潜む闇は大きくなり
進むべき道が見えない不安と一緒に
腕組んで

楽しそうに踏みつけようとする
書き続けて
書き続けて
ようやくかわす

III

変わっていく体

どうしても
なじめないこの体
次々と問題を起こしていく
足が前に出るのを
抑えようとベルトをして
固定すると
こんどは
机を下からけって
大きい音を立てて

先生に怒られ
母に言うと
ベルトを外されて
足は前には伸びるが
机をけらなくなった

筋緊張が強くなると
噴門筋が
押し開かれ胸焼けがひどくなり
ガムを噛んでごまかしていたが
それでは収まらなくなり
所かまわず吐き気をもよおし
ビニール袋が手放せなくなり
そのことをよく知ってくれている人としか

いつの間にか　外に出られなくなっていた
セラピストから体を伸ばすように指導され
毎日繰り返すと次第に吐き気は消えて誰とでも一人ででも
電車に乗れるようになった

日課

朝
歩行器で立つ
今までにない
かがとに体重がかかる感触
足の裏が
しびれている
アキレス腱が伸ばされて
駝鳥の卵の殻になったふくらはぎを
感じる

今まで無口だった
筋肉が
急に雄弁に
語り始め
濁っていた
体液が浄化され
一日を実感する

凍った血流

長い永遠ともいえる時間を超えて
今
肘に感じる長く伸びた髪が
腕に影を落とし
その影が光を放っている
洗い立ての
香りに一瞬めまいを
感じ
ここまで

どれほど
遠回りし
多くの難関を
乗り越えてきただろうと
一息つく

こうしてみたかった
こうしていたかった
時間が止まればいいと望んだが
そんなことはできるわけもなく
今の時間を
愛おしく
手放したくはない
抱き寄せると

自分の体が
暖かくなり
固まった血液が
ゆっくりと
流れ始める
この瞬間に
ぼくは、もう一度生まれ変わる
母の胎膜を破って

感じる

車椅子から解放される。支えがなくなり手足が空中を無意味に浮遊する。何とか安定する場所を見つけると腕に心地いい重みを感じる。揺れる枕だねと笑う笑顔にほっとして不随意運動を必死に抑え込み筋攣縮（スパズム）で傷つけないように細心の注意で体勢を保つ。存在をもっと感じたいと腕を引き寄せると息苦しいと腕の隙間から顔を出し視線がぶつかり笑い合う。

カモメになる

乗れるか、断られるか　とりあえず乗り場に入る
歩けますかと聞かれ　冷や汗
何とか歩くふり
結構です　ではご案内しますねの声に安堵

体を包み込む
殻にポコッと入り込む
体は固定されて足さえも固定され
不思議に制御のきかない手足が止まる　自分ではない体

リハビリの椅子のように不思議に安定感を感じる
出発する　椅子は地面と平行になり
座ったままうつむき状態
動き始める
しばらくゆっくりと登り急激にスピードをまして
地面に突撃するかと思うと
滑空するように空に上がっていく
思考は混乱してまさに鳥の視線

体はもう出発の時に置いてきぼりで
座っている感覚もすべてなくて
飛んでいる
ただそれだけ
たったの三分が長いのか

短いのかわからずに
気が付くと
元の場所に戻ってきて
意思とは無関係に動く体に戻ってしまう

夜の回想

なぜ夜が好きなのか
自分で考える
音のない家の中
誰の気配もない
ただ
眠っている母の呼吸を
聞きながら
座っている時間が
たまらなく好きで

汗かきだった幼いころは
風呂から上がるとすぐに
何もできない体で
なにかすれば必ず汗をかいて
荒い手つきで
着替えさせられ
寝かされた
そのためかどうか
すっかり
入浴後は何もできなくなっていた
そのおかげで受験勉強は遅くても十一時までしかできないで
苦労したのを思い出す

少しずつ体も変わり

今はもう何時になっても構わず
寝る時間もまちまち
このまま白んでくる窓を見ていてもいいかな
本当はこの窓ガラスを抜け出して波の音を聞きながら朝日を見たい
ところだが
一人で行けるわけもなく
ゆっくりもがき
行ける日を引き寄せる

再びの海

海を見たくなる
あの波の音を聞いたのは
遠い昔
もう長く見ていない
幼い頃
膜を感じず海に浮いているのが
好きだった
一人で空を見つめていることが

体を覆っていた膜は
波に溶けて
透き通った体を感じる
水平線まで
上がってみると
手足がふやけていた
それでも浮かんでいたかった
何の制約もなくて
何もしなくていい時間
気持ちいい
制約の膜が膜でない時間
邪魔なはずの踊る手足が推進力に変わる

体が成長する度に

海から上がった後の
シャワーや着替えが
怖く感じて
泳ぎにはいかなくなった

訓練で少し変わったこの体
今波に浮かんだらどんな感覚になるか
試したくなって
今はもう後のシャワーや着替えすら恐怖に思わない
自分の体が要求していることを
自分で説明できるから
砂浜に轍を残して
波打ち際に進もうとする

終わりに

今回の詩集で徹底的に自分を見つめました。自分は何を目指して生きてきたか、考えてみると生まれてから、ずっと「普通」にあこがれていました。「普通」により近づくための工夫し続けてきたように思います。

しかし、どうしても生まれながらの体は、それを許してはくれませんでした。目に見えない膜があり、そこから先へはどうしてもいけません。

そのもどかしさをできる限り客観的に書こうとした時散文詩を書く練習をしておいて良かったと思います。

今まで行足の短い作品を書いてきました。ある時大阪文学学校の高田文月チューターに散文詩を一度書いてみればとの助言を受け、挑戦をはじめました。散文詩を書くのは、容易なことではありませんでした。描きたいイメージを伝えようとすると字数は自然に伸びていきました。はじめの頃は一〇〇字を書くのに体力的な辛さを感じましたが、次第に辛さは消えました。出来上がった作品を高田クラスの皆様に読んでいただくと多くの共感をいただきました。

私はベーチェット病という難病指定されている病に侵され、三年前、腸穿孔を起こしました。

緊急手術で命はとりとめたものの、言葉が浮かんでこず夜になると奇声を発し、睡眠薬の点滴でようやく眠るという状態で、二ヶ月の入院後一旦退院し帰宅しました。飲み込みがうまくできなかったので、今度は誤嚥性肺炎を起こし、それから、さらに一ヶ月の入院になり、合計すると三ヵ月の入院になりました。その間押し寄せていたのは、このまま「言葉」を失ってしまったら……というかつて味わったことのない私を根こそぎ奪ってしまうような不安でした。

それまでの自分なら、詩が書けない自分に存在価値なんてあるのかなど考えると思っていたでしょう。なぜかあの時は「生きる」ことしか考えていなかったように思います。一ヶ月間の嚥下のリハビリのおかげで、ようやく今までの自分に戻っていました。年の瀬ギリギリでの退院になりました。

帰宅してから二日間ほどは、ただテレビを見る生活でした。年が変わるとパソコンに向かうことができました。

それから外に出たいという意識が非常に強くなり、それまでも出ていましたが、それまで以上に夜の街も覗いてみたいという思いが、つき上げてきて夜もガイドしてもらえるところを探して、今ずっとお世話になっている方々に出会い、中学以来のプールに入れてもらい久々に自由を味わったり、両親ですら乗せることができなかったジェットコースターに乗ったりと、様々な経験をさせていただき、詩作品に活かしています。この詩集からどういう私を感じ取ってもらえるか楽しみです。

最後になりましたが、新しい作風を全面的に応援してくださった細見和之文学学校長ならびに高田チューターには深く感謝申し上げます。また長年にわたり暖かく見守り続けてくださった葉山郁生先生にはひとかたならぬご指導をいただき感謝の言葉もございません。今後ともご指導のほどよろしくお願いいたします。またこの詩集制作にご尽力頂きました思潮社の出本喬巳様に深く感謝申し上げます。

記憶のしずく

著者
加納由将《かのうよしまさ》

発行者
小田久郎

発行所
株式会社 思潮社
〒一六二-〇八四二　東京都新宿区市谷砂土原町三-十五
電話 〇三（三二六七）八一五三（営業）・八一四一（編集）
FAX 〇三（三二六七）八一四二

印刷・製本所
創栄図書印刷株式会社

発行日
二〇二〇年二月二十九日